D0885486

La OVEJA NEGRA
y demás fábulas

Augusto Monterroso

La OVEJA NEGRA
y demás fábulas

ALFAGUARA

Libros
del Rincón

SECRETARÍA DE
EDUCACIÓN
PÚBLICA   SEP

Sistema de clasificación Melvil Dewey DGMyME

868
M66
2001   Monterroso, Augusto
       La oveja negra y demás fábulas / Augusto Monterroso. - México :
SEP : Alfaguara, 2001.
104 p. : il. - (Libros del Rincón)

ISBN: 970-18-7350-5 SEP

1. Literatura mexicana. 2. Fábula. I. t. II. Ser.

Primera edición SEP/Alfaguara, 2001

D.R. © Aguilar, Altea, Taurus, Alfaguara, S.A. de C.V., 2001
      Avenida Universidad 767, Colonia del Valle,
      México, 03100, D.F., Teléfono 5688 8966
      www.alfaguara.com.mx

D.R. © Secretaría de Educación Pública, 2001
      Argentina 28, Centro,
      06020, México, D.F.

D.R. © Augusto Monterroso, 1969
D.R. © Ilustración de cubierta: Marga Puncel

ISBN: 968-19-0953-4 Alfaguara
ISBN: 970-18-7350-5 SEP

Impreso en México

ÍNDICE

AGRADECIMIENTOS

Este libro jamás habría podido ser escrito sin la generosa ayuda y la asistencia permanente de don Eugenio Pereda Salazar, entomólogo, don Alberto Jiménez R., domador, y don Luis Reta, experto en costumbres de las aves nocturnas que aparecen en el texto; y mucho menos sin el libre acceso que las autoridades del Jardín Zoológico de Chapultepec, de Ciudad de México, permitieron al autor, con las precauciones pertinentes en cada caso, a diversas jaulas y parques del mismo, a fin de que pudiera observar *in situ* determinados aspectos de la vida animal que le interesaban.

La reconocida modestia de otras personas que lo auxiliaron con su invaluable consejo las inclinó a pedirle no ser mencionadas aquí. Sintiéndolo, el autor cumple su deseo.

Los animales se parecen tanto al hombre que a veces es imposible distinguirlos de éste.

K'NYO MOBUTU

EL CONEJO Y EL LEÓN

Un célebre Psicoanalista se encontró cierto día en medio de la Selva, semiperdido.

Con la fuerza que dan el instinto y el afán de investigación logró fácilmente subirse a un altísimo árbol, desde el cual pudo observar a su antojo no sólo la lenta puesta del sol sino además la vida y costumbres de algunos animales, que comparó una y otra vez con las de los humanos.

Al caer la tarde vio aparecer, por un lado, al Conejo; por otro, al León.

En un principio no sucedió nada digno de mencionarse, pero poco después ambos animales sintieron sus respectivas presencias y, cuando toparon el uno con el otro, cada cual reaccionó como lo había venido haciendo desde que el hombre era hombre.

El León estremeció la Selva con sus rugidos, sacudió la melena majestuosamente como era su costumbre y hendió el aire con sus garras enormes; por su parte, el Conejo respiró con mayor celeridad, vio un instante a los ojos del León, dio media vuelta y se alejó corriendo.

De regreso a la ciudad el célebre Psicoanalista publicó *cum laude* su famoso tratado en que demuestra que el León es el animal más infantil y cobarde de la Selva, y el Conejo el más valiente y maduro: el León ruge y hace gestos y amenaza al Universo movido por el miedo; el Conejo advierte esto, conoce su propia fuerza y se retira antes de perder la paciencia y acabar con aquel ser extravagante y fuera de sí, al que comprende y que después de todo no le ha hecho nada.

EL MONO QUE QUISO SER
ESCRITOR SATÍRICO

En la Selva vivía una vez un Mono que quiso ser escritor satírico.

Estudió mucho, pero pronto se dio cuenta de que para ser escritor satírico le faltaba conocer a la gente y se aplicó a visitar a todos y a ir a los cocteles y a observarlos por el rabo del ojo mientras estaban distraídos con la copa en la mano.

Como era de veras gracioso y sus ágiles piruetas entretenían a los otros animales, en cualquier parte era bien recibido y él perfeccionó el arte de ser mejor recibido aún.

No había quien no se encantara con su conversación y cuando llegaba era agasajado con júbilo tanto por las Monas como por los esposos de las Monas y por los demás habitantes de la Selva, ante los cuales, por contrarios que fueran a él en política internacional, nacional o doméstica, se mostraba invariablemente comprensivo; siempre, claro, con el ánimo de investigar a fondo la naturaleza humana y poder retratarla en sus sátiras.

Así llegó el momento en que entre los animales era el más experto conocedor de la naturaleza humana, sin que se le escapara nada.

Entonces, un día dijo voy a escribir en contra de los ladrones, y se fijó en la Urraca, y principió a hacerlo con entusiasmo y gozaba y se reía y se encaramaba de placer a los árboles por las cosas que se le ocurrían acerca de la Urraca; pero de repente reflexionó que entre los animales de sociedad que lo agasajaban había muchas Urracas y especialmente una, y que se iban a ver retratadas en su sátira, por suave que la escribiera, y desistió de hacerlo.

Después quiso escribir sobre los oportunistas, y puso el ojo en la Serpiente, quien por diferentes medios auxiliares en realidad de su arte adulatorio lograba siempre conservar, o sustituir, mejorándolos, sus cargos; pero varias Serpientes amigas suyas, y especialmente una, se sentirían aludidas, y desistió de hacerlo.

Después deseó satirizar a los laboriosos compulsivos y se detuvo en la Abeja, que trabajaba estúpidamente sin saber para qué ni para quién; pero por miedo de que sus amigos de este género, y especialmente uno, se ofendieran, terminó comparándola favorablemente con la Cigarra, que, egoísta, no hacía más que cantar y cantar dándoselas de poeta, y desistió de hacerlo.

Después se le ocurrió escribir contra la promiscuidad sexual y enfiló su sátira contra las Gallinas adúlteras que andaban todo el día inquietas en busca de Gallitos; pero tantas de éstas lo habían recibido que temió lastimarlas, y desistió de hacerlo.

Finalmente, elaboró una lista completa de las debilidades y los defectos humanos y no encontró contra quién dirigir sus baterías, pues todos estaban en los amigos que compartían su mesa y en él mismo.

En ese momento renunció a ser escritor satírico y le empezó a dar por la Mística y el Amor y esas cosas; pero a raíz de eso, ya se sabe cómo es la gente, todos dijeron que se había vuelto loco y ya no lo recibieron tan bien ni con tanto gusto.

LA MOSCA QUE SOÑABA
QUE ERA UN ÁGUILA

Había una vez una Mosca que todas las noches soñaba que era un Águila y que se encontraba volando por los Alpes y por los Andes.

En los primeros momentos esto la volvía loca de felicidad; pero pasado un tiempo le causaba una sensación de angustia, pues hallaba las alas demasiado grandes, el cuerpo demasiado pesado, el pico demasiado duro y las garras demasiado fuertes; bueno, que todo ese gran aparato le impedía posarse a gusto sobre los ricos pasteles o sobre las inmundicias humanas, así como sufrir a conciencia dándose topes contra los vidrios de su cuarto.

En realidad no quería andar en las grandes alturas, o en los espacios libres, ni mucho menos.

Pero cuando volvía en sí lamentaba con toda el alma no ser un Águila para remontar montañas, y se sentía tristísima de ser una Mosca, y por eso volaba tanto, y estaba tan inquieta, y daba tantas vueltas, hasta que lentamente, por la noche, volvía a poner las sienes en la almohada.

LA FE Y LAS MONTAÑAS

Al principio la Fe movía montañas sólo cuando era absolutamente necesario, con lo que el paisaje permanecía igual a sí mismo durante milenios.

Pero cuando la Fe comenzó a propagarse y a la gente le pareció divertida la idea de mover montañas, éstas no hacían sino cambiar de sitio, y cada vez era más difícil encontrarlas en el lugar en que uno las había dejado la noche anterior; cosa que por supuesto creaba más dificultades que las que resolvía.

La buena gente prefirió entonces abandonar la Fe y ahora las montañas permanecen por lo general en su sitio.

Cuando en la carretera se produce un derrumbe bajo el cual mueren varios viajeros, es que alguien, muy lejano o inmediato, tuvo un ligerísimo atisbo de Fe.

LA TELA DE PENÉLOPE,
O QUIÉN ENGAÑA A QUIÉN

Hace muchos años vivía en Grecia un hombre llamado Ulises (quien a pesar de ser bastante sabio era muy astuto), casado con Penélope, mujer bella y singularmente dotada cuyo único defecto era su desmedida afición a tejer, costumbre gracias a la cual pudo pasar sola largas temporadas.

Dice la leyenda que en cada ocasión en que Ulises con su astucia observaba que a pesar de sus prohibiciones ella se disponía una vez más a iniciar uno de sus interminables tejidos, se le podía ver por las noches preparando a hurtadillas sus botas y una buena barca, hasta que sin decirle nada se iba a recorrer el mundo y a buscarse a sí mismo.

De esta manera ella conseguía mantenerlo alejado mientras coqueteaba con sus pretendientes, haciéndoles creer que tejía mientras Ulises viajaba y no que Ulises viajaba mientras ella tejía, como pudo haber imaginado Homero, que, como se sabe, a veces dormía y no se daba cuenta de nada.

LA OVEJA NEGRA

En un lejano país existió hace muchos años una Oveja negra.

Fue fusilada.

Un siglo después, el rebaño arrepentido le levantó una estatua ecuestre que quedó muy bien en el parque.

Así, en lo sucesivo, cada vez que aparecían ovejas negras eran rápidamente pasadas por las armas para que las futuras generaciones de ovejas comunes y corrientes pudieran ejercitarse también en la escultura.

EL SABIO
QUE TOMÓ EL PODER

Un día, hace muchos años, el Mono advirtió que entre todos los animales era él quien contaba con la descendencia más inteligente, o sea el hombre.

Animado por esta revelación empezó a estudiar un gran lote de libros arrumbados desde antiguo en su casa y, a medida que aprendía, a conducirse como ser importante frente a las situaciones más comunes.

Fue tal su empeño que en poco tiempo hizo enormes progresos, aconsejado por la Zorra en política y en saber por el Búho y la Serpiente.

De esta manera, ante el asombro de los inocentes, pronto inició su ascenso a la cumbre, hasta que llegó el día en que amigos y enemigos lo saludaron secretario del León.

Sin embargo, durante un insomnio (en los que había caído desde que sabía que sabía tanto), el Mono hizo aún otro descubrimiento sensacional: la injusticia de que el León, que contaba únicamente con su fuerza y el miedo de los demás, fuera su jefe; y él, que si quisiera, según leyó no recordaba dónde, con un poco de tesón podía escribir otra vez los sonetos de Shakespeare, un mero subalterno.

A la mañana siguiente, armado de valor y aclarando una y otra vez la garganta, durante más de una hora expuso al León con largas y elaboradas razones la teoría de que de acuerdo con la lógica más elemental los papeles debían cambiarse, pues para cualquiera con dos dedos de frente era fácil ver cómo lo aventajaba en descendencia y, por supuesto, en sabiduría.

El León, que intrigado por el vuelo de una Mosca en ningún momento había bajado la vista del techo, estuvo conforme con todo, en ese mismo instante le cambió la corona por la pluma y, asomándose al balcón, anunció el cambio a la ciudad y al mundo.

De ahí en adelante, cuando el Mono le ordenaba algo, el León, siempre de acuerdo, asentía invariablemente con un zarpazo; y cuando el Mono lo regañaba por alguna orden mal entendida o por un discurso mal redactado, con dos o tres; hasta que, pasado poco tiempo, en el cuerpo del nuevo rey, o sea el Mono sabio, no iba quedando sitio del que no manara sangre, o cosas peores.

Por último el Mono, casi de rodillas, rogó al León volver al anterior estado de cosas, a lo que el León, aburrido como desde hacía mil años, le respondió con un bostezo que sí, y con otro que estaba bien, que volvieran al anterior estado de cosas, y le recibió la corona y le devolvió la pluma, y desde entonces el Mono conserva la pluma y el León la corona.

EL ESPEJO
QUE NO PODÍA DORMIR

Había una vez un espejo de mano que cuando se quedaba solo y nadie se veía en él se sentía de lo peor, como que no existía, y quizá tenía razón; pero los otros espejos se burlaban de él, y cuando por las noches los guardaban en el mismo cajón del tocador dormían a pierna suelta satisfechos, ajenos a la preocupación del neurótico.

EL BÚHO QUE QUERÍA SALVAR
A LA HUMANIDAD

En lo más intrincado de la Selva existió en tiempos lejanos un Búho que empezó a preocuparse por los demás.

En consecuencia, se dio a meditar sobre las evidentes maldades que hacía el León con su poder; sobre la debilidad de la Hormiga, que era aplastada todos los días, tal vez cuando más ocupada se hallaba; sobre la risa de la Hiena, que nunca venía al caso; sobre la Paloma, que se queja del aire que la sostiene en su vuelo; sobre la Araña, que atrapa a la Mosca, y sobre la Mosca, que con toda su inteligencia se deja atrapar por la Araña, y en fin, sobre todos los defectos que hacían desgraciada a la Humanidad, y se puso a pensar en la manera de remediarlos.

Pronto adquirió la costumbre de desvelarse y de salir a la calle a observar cómo se conducía la gente, y se fue llenando de conocimientos científicos y psicológicos que poco a poco iba ordenando en su pensamiento y en una pequeña libreta.

De modo que algunos años después se le desarrolló una gran facilidad para clasificar, y sabía a ciencia cierta cuándo el León iba a rugir y cuándo la Hiena se iba a reír, y lo que iba a hacer el Ratón del campo cuando visitara al de la ciudad, y lo que haría el Perro que traía una torta en la boca cuando viera reflejado en el agua el rostro de un Perro que traía una torta en la boca, y el Cuervo cuando le decían que qué bonito cantaba.

Y así, concluía:

"Si el León no hiciera lo que hace sino lo que hace el Caballo, y el Caballo no hiciera lo que hace sino lo que hace el León; y si la Boa no hiciera lo que hace sino lo que hace el Ternero y el Ternero no hiciera lo que hace sino lo que hace la Boa, y así hasta el infinito, la Humanidad se salvaría, dado que todos vivirían en paz y la guerra volvería a ser como en los tiempos en que no había guerra."

Pero los otros animales no apreciaban los esfuerzos del Búho, por sabio que éste supusiera que lo suponían; antes bien pensaban que era tonto, no se daban cuenta de la profundidad de su pensamiento, y seguían comiéndose unos a otros, menos el Búho, que no era comido por nadie ni se comía nunca a nadie.

LA TORTUGA Y AQUILES

Por fin, según el cable, la semana pasada la Tortuga llegó a la meta.

En rueda de prensa declaró modestamente que siempre temió perder, pues su contrincante le pisó todo el tiempo los talones.

En efecto, una diezmiltrillonésima de segundo después, como una flecha y maldiciendo a Zenón de Elea, llegó Aquiles.

EL CAMALEÓN QUE FINALMENTE NO SABÍA DE QUÉ COLOR PONERSE

En un país muy remoto, en plena Selva, se presentó hace muchos años un tiempo malo en que el Camaleón, a quien le había dado por la política, entró en un estado de total desconcierto, pues los otros animales, asesorados por la Zorra, se habían enterado de sus artimañas y empezaron a contrarrestarlas llevando día y noche en los bolsillos juegos de diversos vidrios de colores para combatir su ambigüedad e hipocresía, de manera que cuando él estaba morado y por cualquier circunstancia del momento necesitaba volverse, digamos, azul, sacaban rápidamente un cristal rojo a través del cual lo veían, y para ellos continuaba siendo el mismo Camaleón morado, aunque se condujera como Camaleón azul; y cuando estaba rojo y por motivaciones especiales se volvía anaranjado, usaban el cristal correspondiente y lo seguían viendo tal cual.

Esto sólo en cuanto a los colores primarios, pues el método se generalizó tanto que con el tiempo no había ya quien no llevara consigo un equipo completo de cristales para aquellos casos en que el mañoso se tornaba simplemente grisáceo, o verdiazul, o de cualquier color más o menos indefinido, para dar el

37

cual eran necesarias tres, cuatro o cinco superposiciones de cristales.

Pero lo bueno fue que el Camaleón, considerando que todos eran de su condición, adoptó también el sistema.

Entonces era cosa de verlos a todos en las calles sacando y alternando cristales a medida que cambiaban de colores, según el clima político o las opiniones políticas prevalecientes ese día de la semana o a esa hora del día o de la noche.

Como es fácil comprender, esto se convirtió en una especie de peligrosa confusión de las lenguas; pero pronto los más listos se dieron cuenta de que aquello sería la ruina general si no se reglamentaba de alguna manera, a menos que todos estuvieran dispuestos a ser cegados y perdidos definitivamente por los dioses, y restablecieron el orden.

Además de lo estatuido por el Reglamento que se redactó con ese fin, el derecho consuetudinario fijó por su parte reglas de refinada urbanidad, según las cuales, si alguno carecía de un vidrio de determinado color urgente para disfrazarse o para descubrir el verdadero color de alguien, podía recurrir inclusive a sus propios enemigos para que se lo prestaran, de acuerdo con su necesidad del momento, como sucedía entre las naciones más civilizadas.

Sólo el León que por entonces era el Presidente de la Selva se reía de unos y otros, aunque a veces socarronamente jugaba también un poco lo suyo, por divertirse.

De esa época viene el dicho de que

*todo Camaleón es según el color
del cristal con que se mira.*

EL APÓSTATA ARREPENTIDO

Se dice que había una vez un católico, según unos, o un protestante, según otros, que en tiempos muy lejanos y asaltado por las dudas comenzó a pensar seriamente en volverse cristiano; pero el temor de que sus vecinos imaginaran que lo hacía para pasar por gracioso, o por llamar la atención, lo hizo renunciar a su extravagante debilidad y propósito.

EL RAYO QUE CAYÓ DOS VECES
EN EL MISMO SITIO

Hubo una vez un Rayo que cayó dos veces en el mismo sitio; pero encontró que ya la primera había hecho suficiente daño, que ya no era necesario, y se deprimió mucho.

LA JIRAFA QUE DE PRONTO COMPRENDIÓ QUE TODO ES RELATIVO

Hace mucho tiempo, en un país lejano, vivía una Jirafa de estatura regular pero tan descuidada que una vez se salió de la Selva y se perdió.

Desorientada como siempre, se puso a caminar a tontas y a locas de aquí para allá, y por más que se agachaba para encontrar el camino no lo encontraba.

Así, deambulando, llegó a un desfiladero donde en ese momento tenía lugar una gran batalla.

A pesar de que las bajas eran cuantiosas por ambos bandos, ninguno estaba dispuesto a ceder un milímetro de terreno.

Los generales arengaban a sus tropas con las espadas en alto, al mismo tiempo que la nieve se teñía de púrpura con la sangre de los heridos.

Entre el humo y el estrépito de los cañones se veía desplomarse a los muertos de uno y otro ejército, con tiempo apenas para encomendar su alma al diablo; pero los sobrevivientes continuaban disparando con entusiasmo hasta que a ellos también les tocaba y caían con un gesto estúpido pero que en su caída consideraban que la Historia iba a recoger como heroico, pues morían por defender su bandera; y efectivamente, la Historia recogía esos gestos como heroicos, tanto la Historia que recogía los gestos del uno, como la que recogía los gestos del otro, ya que cada lado escribía su propia historia; así, Wellington era un héroe para los ingleses y Napoleón era un héroe para los franceses.

A todo esto, la Jirafa siguió caminando, hasta que llegó a una parte del desfiladero en que estaba montado un enorme Cañón, que en ese preciso instante hizo un disparo exactamente unos veinte centímetros arriba de su cabeza, más o menos.

Al ver pasar la bala tan cerca, y mientras seguía con la vista su trayectoria, la Jirafa pensó:

"Qué bueno que no soy tan alta, pues si mi cuello midiera treinta centímetros más esa bala me habría volado la cabeza; o bien, qué bueno que esta parte del desfiladero en que está el Cañón no es tan baja, pues si midiera treinta centímetros menos la bala también me habría volado la cabeza. Ahora comprendo que todo es relativo."

LOS OTROS SEIS

Dice la tradición que en un lejano país existió hace algunos años un Búho que a fuerza de meditar y quemarse las pestañas estudiando, pensando, traduciendo, dando conferencias, escribiendo poemas, cuentos, biografías, crónicas de cine, discursos, ensayos literarios y algunas cosas más, llegó a saberlo y a tratarlo prácticamente todo en cualquier género de los conocimientos humanos, en forma tan notoria que sus entusiastas contemporáneos pronto lo declararon uno de los Siete Sabios del País, sin que hasta la fecha se haya podido averiguar quiénes eran los otros seis.

MONÓLOGO DEL MAL

Un día el Mal se encontró frente a frente con el Bien y estuvo a punto de tragárselo para acabar de una buena vez con aquella disputa ridícula; pero al verlo tan chico el Mal pensó:

"Esto no puede ser más que una emboscada; pues si yo ahora me trago al Bien, que se ve tan débil, la gente va a pensar que hice mal, y yo me encogeré tanto de vergüenza que el Bien no desperdiciará la oportunidad y me tragará a mí, con la diferencia de que entonces la gente pensará que él sí hizo bien, pues es difícil sacarla de sus moldes mentales consistentes en que lo que hace el Mal está mal y lo que hace el Bien está bien."

Y así el Bien se salvó una vez más.

LA CUCARACHA SOÑADORA

Era una vez una Cucaracha llamada Gregorio Samsa que soñaba que era una Cucaracha llamada Franz Kafka que soñaba que era un escritor que escribía acerca de un empleado llamado Gregorio Samsa que soñaba que era una Cucaracha.

EL SALVADOR RECURRENTE

En la Selva se sabe, o debería saberse, que ha habido infinitos Cristos, antes y después de Cristo. Cada vez que uno muere nace inmediatamente otro que predica siempre lo mismo que su antecesor y es recibido de acuerdo con las ideas imperantes en el momento de su llegada, y jamás comprendido. Adopta diferentes nombres y puede pertenecer a cualquier raza, país e incluso religión, porque no tiene religión. En todas las épocas son rechazados; en ocasiones, las más gloriosas, por la violencia, ya sea en forma de cruz, de hoguera, de horca o de bala. Consideran esto una bienaventuranza, porque abrevia el término de su misión y parten seguros del valor de su sacrificio. Por el contrario, los entristecen los tiempos de "comprensión", en los que no les sucede nada y transcurren ignorados. Prefieren el repudio decidido a la aceptación pasiva, y el patíbulo o el fusilamiento al psiquiatra o el púlpito. Lo que más temen es morir demasiado viejos, ya sin predicar ni esforzarse en enseñar nada a quienes ni lo desean ni lo merecen; abrumados porque saben que como ellos en su oportunidad, alguien, en alguna parte, espera ansioso el instante de su muerte para salir al mundo y comenzar de nuevo.

LA RANA QUE QUERÍA SER
UNA RANA AUTÉNTICA

Había una vez una Rana que quería ser una Rana auténtica, y todos los días se esforzaba en ello.

Al principio se compró un espejo en el que se miraba largamente buscando su ansiada autenticidad.

Unas veces parecía encontrarla y otras no, según el humor de ese día o de la hora, hasta que se cansó de esto y guardó el espejo en un baúl.

Por fin pensó que la única forma de conocer su propio valor estaba en la opinión de la gente, y comenzó a peinarse y a vestirse y a desvestirse (cuando no le quedaba otro recurso) para saber si los demás la aprobaban y reconocían que era una Rana auténtica.

Un día observó que lo que más admiraban de ella era su cuerpo, especialmente sus piernas, de manera que se dedicó a hacer sentadillas y a saltar para tener unas ancas cada vez mejores, y sentía que todos la aplaudían.

Y así seguía haciendo esfuerzos hasta que, dispuesta a cualquier cosa para lograr que la consideraran una Rana auténtica, se dejaba arrancar las ancas, y los otros se las comían, y ella todavía alcanzaba a oír con amargura cuando decían que qué buena Rana, que parecía Pollo.

PIGMALIÓN

En la antigua Grecia existió hace mucho tiempo un poeta llamado Pigmalión que se dedicaba a construir estatuas tan perfectas que sólo les faltaba hablar.

Una vez terminadas, él les enseñaba muchas de las cosas que sabía: literatura en general, poesía en particular, un poco de política, otro poco de música y, en fin, algo de hacer bromas y chistes y salir adelante en cualquier conversación.

Cuando el poeta juzgaba que ya estaban preparadas, las contemplaba satisfecho durante unos minutos y como quien no quiere la cosa, sin ordenárselo ni nada, las hacía hablar.

Desde ese instante las estatuas se vestían y se iban a la calle y en la calle o en la casa hablaban sin parar de cuanto hay.

El poeta se complacía en su obra y las dejaba hacer, y cuando venían visitas se callaba discretamente (lo cual le servía de alivio) mientras su estatua entretenía a todos, a veces a costa del poeta mismo, con las anécdotas más graciosas.

Lo bueno era que llegaba un momento en que las estatuas, como suele suceder, se creían mejores que su creador, y comenzaban a maldecir de él.

Discurrían que si ya sabían hablar ahora sólo les faltaba volar, y empezaban a hacer ensayos con toda clase de alas, inclusive las de cera, desprestigiadas hacía poco en una aventura infortunada.

En ocasiones realizaban un verdadero esfuerzo, se ponían rojas y lograban elevarse dos o tres centímetros, altura que, por supuesto, las mareaba, pues no estaban hechas para ella.

Algunas, arrepentidas, desistían de esto y volvían a conformarse con poder hablar y marear a los demás.

Otras, tercas, persistían en su afán, y los griegos que pasaban por allí las imaginaban locas al verlas dar continuamente aquellos saltitos que ellas consideraban vuelo.

Otras más concluían que el poeta era el causante de todos sus males, saltaran o simplemente hablaran, y trataban de sacarle los ojos.

A veces el poeta se cansaba, les daba una patada en el culo y ellas caían en forma de pequeños trozos de mármol.

MONÓLOGO DEL BIEN

"Las cosas no son tan simples", pensaba aquella tarde el Bien, "como creen algunos niños y la mayoría de los adultos."

"Todos saben que en ciertas ocasiones yo me oculto detrás del Mal, como cuando te enfermas y no puedes tomar un avión y el avión se cae y no se salva ni Dios; y que a veces, por lo contrario, el Mal se esconde detrás de mí, como aquel día en que el hipócrita Abel se hizo matar por su hermano Caín para que éste quedara mal con todo el mundo y no pudiera reponerse jamás."

"Las cosas no son tan simples."

LAS DOS COLAS,
O EL FILÓSOFO ECLÉCTICO

Cuenta la leyenda que en el populoso mercado de una antigua ciudad se paseaba todas las mañanas un filósofo ecléctico, célebre observador de la Naturaleza, a quien muchos se acercaban para exponerle los más peregrinos conflictos y dudas.

Cierta vez que un Perro daba vueltas sobre sí mismo mordiéndose la cola ante la risa de los niños que lo rodeaban, varios preocupados mercaderes preguntaron al filósofo a qué podía obedecer todo aquel movimiento, y que si no sería algún funesto presagio.

El filósofo les explicó que al morderse la cola el Perro trataba tan sólo de quitarse las Pulgas.

Con esto, la curiosidad general quedó satisfecha y la gente se retiró tranquila.

En otra ocasión, un domador de Serpientes exhibía varias en un canasto, entre las cuales una se mordía la cola, lo que provocaba la seriedad de los niños y las risas de los adultos.

Cuando los niños preguntaron al filósofo a qué podía deberse aquello, él les respondió que la Serpiente que se muerde la cola representa el Infinito y el Eterno Retorno de personas, hechos y cosas, y que esto quieren decir las Serpientes cuando se muerden la cola.

También en esta oportunidad la gente se retiró satisfecha e igualmente tranquila.

EL GRILLO MAESTRO

Allá en tiempos muy remotos, un día de los más calurosos del invierno el Director de la Escuela entró sorpresivamente al aula en que el Grillo daba a los Grillitos su clase sobre el arte de cantar, precisamente en el momento de la exposición en que les explicaba que la voz del Grillo era la mejor y la más bella entre todas las voces, pues se producía mediante el adecuado frotamiento de las alas contra los costados, en tanto que los Pájaros cantaban tan mal porque se empeñaban en hacerlo con la garganta, evidentemente el órgano del cuerpo humano menos indicado para emitir sonidos dulces y armoniosos.

Al escuchar aquello, el Director, que era un Grillo muy viejo y muy sabio, asintió varias veces con la cabeza y se retiró, satisfecho de que en la Escuela todo siguiera como en sus tiempos.

SANSÓN Y LOS FILISTEOS

Hubo una vez un animal que quiso discutir con Sansón a las patadas. No se imaginan cómo le fue. Pero ya ven cómo le fue después a Sansón con Dalila aliada a los filisteos.

Si quieres triunfar contra Sansón, únete a los filisteos. Si quieres triunfar sobre Dalila, únete a los filisteos.

Únete siempre a los filisteos.

EL CERDO DE LA PIARA
DE EPICURO

En una quinta de los alrededores de Roma vivía hace veinte siglos un Cerdo perteneciente a la famosa piara de Epicuro.

Entregado por completo al ocio, este Cerdo gastaba los días y las noches revolcándose en el fango de la vida regalada y hozando en las inmundicias de sus contemporáneos, a los que observaba con una sonrisa cada vez que podía, que era siempre.

Las Mulas, los Asnos, los Bueyes, los Camellos y otros animales de carga que pasaban a su alrededor y veían lo bien que era tratado por su amo, lo criticaban acerbamente, cambiaban entre sí miradas de inteligencia y esperaban confiados el momento de la degollina; pero entre tanto él de vez en cuando hacía versos contra ellos y con frecuencia los ponía en ridículo.

También se entretenía componiendo odas y escribiendo epístolas, en una de las cuales se animó inclusive a fijar las reglas de la poesía.

Lo único que lo sacaba de quicio era el miedo a perder su comodidad, que tal vez confundía con el temor a la muerte, y las veleidades de tres o cuatro cerditas, tan indolentes y sensuales como él.

Murió el año 8 antes de Cristo.

A este Cerdo se deben dos o tres de los mejores libros de poesía del mundo; pero el Asno y sus amigos esperan todavía el momento de la venganza.

CABALLO IMAGINANDO A DIOS

A pesar de lo que digan, la idea de un cielo habitado por Caballos y presidido por un Dios con figura equina repugna al buen gusto y a la lógica más elemental, razonaba los otros días el Caballo.

Todo el mundo sabe —continuaba en su razonamiento— que si los Caballos fuéramos capaces de imaginar a Dios lo imaginaríamos en forma de Jinete.

EL PERRO QUE DESEABA SER
UN SER HUMANO

En la casa de un rico mercader de Ciudad de México, rodeado de comodidades y de toda clase de máquinas, vivía no hace mucho tiempo un Perro al que se le había metido en la cabeza convertirse en un ser humano, y trabajaba con ahínco en esto.

Al cabo de varios años, y después de persistentes esfuerzos sobre sí mismo, caminaba con facilidad en dos patas y a veces sentía que estaba ya a punto de ser un hombre, excepto por el hecho de que no mordía, movía la cola cuando encontraba a algún conocido, daba tres vueltas antes de acostarse, salivaba cuando oía las campanas de la iglesia y por las noches se subía a una barda a gemir viendo largamente a la luna.

EL MONO PIENSA EN ESE TEMA

¿Por qué será tan atractivo —pensaba el Mono en otra ocasión, cuando le dio por la literatura— y al mismo tiempo como tan sin gracia ese tema del escritor que no escribe, o el del que se pasa la vida preparándose para producir una obra maestra y poco a poco va convirtiéndose en mero lector mecánico de libros cada vez más importantes pero que en realidad no le interesan, o el socorrido (el más universal) del que cuando ha perfeccionado un estilo se encuentra con que no tiene nada que decir, o el del que entre más inteligente es, menos escribe, en tanto que a su alrededor otros quizá no tan inteligentes como él y a quienes él conoce y desprecia un poco publican obras que todo el mundo comenta y que en efecto a veces son hasta buenas, o el del que en alguna forma ha logrado fama de inteligente y se tortura pensando que sus amigos esperan de él que escriba algo, y lo hace, con el único resultado de que sus amigos empiezan a sospechar de su inteligencia y de vez en cuando se suicida, o el del tonto que se cree inteligente y escribe cosas tan inteligentes que los inteligentes se admiran, o el del que ni es inteligente ni tonto ni escribe ni nadie conoce ni existe ni nada?

EL BURRO Y LA FLAUTA

Tirada en el campo estaba desde hacía tiempo una Flauta que ya nadie tocaba, hasta que un día un Burro que paseaba por ahí resopló fuerte sobre ella haciéndola producir el sonido más dulce de su vida, es decir, de la vida del Burro y de la Flauta.

Incapaces de comprender lo que había pasado, pues la racionalidad no era su fuerte y ambos creían en la racionalidad, se separaron presurosos, avergonzados de lo mejor que el uno y el otro habían hecho durante su triste existencia.

LA PARTE DEL LEÓN

La Vaca, la Cabra y la paciente Oveja se asociaron un día con el León para gozar alguna vez de una vida tranquila, pues las depredaciones del monstruo (como lo llamaban a sus espaldas) las mantenían en una atmósfera de angustia y zozobra de la que difícilmente podían escapar como no fuera por las buenas.

Con la conocida habilidad cinegética de los cuatro, cierta tarde cazaron un ágil Ciervo (cuya carne por supuesto repugnaba a la Vaca, a la Cabra y a la Oveja, acostumbradas como estaban a alimentarse con las hierbas que cogían) y de acuerdo con el convenio dividieron el vasto cuerpo en partes iguales.

Aquí, profiriendo al unísono toda clase de quejas y aduciendo su indefensión y extrema debilidad, las tres se pusieron a vociferar acaloradamente, confabuladas de antemano para quedarse también con la parte del León, pues, como enseñaba la Hormiga, querían guardar algo para los días duros del invierno.

Pero esta vez el León ni siquiera se tomó el trabajo de enumerar las sabidas razones por las cuales el Ciervo le pertenecía a él solo, sino que se las comió allí mismo de una sentada, en medio de los largos gritos de ellas en que se escuchaban expresiones como Contrato Social, Constitución, Derechos Humanos y otras igualmente fuertes y decisivas.

EL PARAÍSO IMPERFECTO

—Es cierto —dijo mecánicamente el hombre, sin quitar la vista de las llamas que ardían en la chimenea aquella noche de invierno—; en el Paraíso hay amigos, música, algunos libros; lo único malo de irse al Cielo es que allí el cielo no se ve.

LA HONDA DE DAVID

Había una vez un niño llamado David N., cuya puntería y habilidad en el manejo de la resortera despertaba tanta envidia y admiración en sus amigos de la vecindad y de la escuela, que veían en él —y así lo comentaban entre ellos cuando sus padres no podían escucharlos— un nuevo David.

Pasó el tiempo.

Cansado del tedioso tiro al blanco que practicaba disparando sus guijarros contra latas vacías o pedazos de botella, David descubrió un día que era mucho más divertido ejercer contra los pájaros la habilidad con que Dios lo había dotado, de modo que de ahí en adelante la emprendió con todos los que se ponían a su alcance, en especial contra Pardillos, Alondras, Ruiseñores y Jilgueros, cuyos cuerpecitos sangrantes caían suavemente sobre la hierba, con el corazón agitado aún por el susto y la violencia de la pedrada.

David corría jubiloso hacia ellos y los enterraba cristianamente.

Cuando los padres de David se enteraron de esta costumbre de su buen hijo se alarmaron mucho, le dijeron que qué era aquello, y afearon su conducta en términos tan ásperos y convincentes que, con lágrimas en los ojos, él reconoció su culpa, se arrepintió sincero y durante mucho tiempo se aplicó a disparar exclusivamente sobre los otros niños.

Dedicado años después a la milicia, en la Segunda Guerra Mundial David fue ascendido a general y condecorado con las cruces más altas por matar él solo a treinta y seis hombres, y más tarde degradado y fusilado por dejar escapar viva una Paloma mensajera del enemigo.

GALLUS AUREORUM OUORUM

En uno de los inmensos gallineros que rodeaban a la antigua Roma vivía una vez un Gallo en extremo fuerte y noblemente dotado para el ejercicio amoroso, al que las Gallinas que lo iban conociendo se aficionaban tanto que después no hacían otra cosa que mantenerlo ocupado de día y de noche.

El propio Tácito, quizá con doble intención, lo compara al Ave Fénix por su capacidad para reponerse, y añade que este Gallo llegó a ser sumamente famoso y objeto de curiosidad entre sus conciudadanos, es decir, los otros Gallos, quienes, procedentes de todos los rumbos de la República acudían a verlo en acción, ya fuera por el interés del espectáculo mismo como por el afán de apropiarse de algunas de sus técnicas.

Pero como todo tiene un límite, se sabe que a fin de cuentas el nunca interrumpido ejercicio de su habilidad lo llevó a la tumba, cosa que le debe de haber causado no escasa amargura, pues el poeta Estacio, por su parte, refiere que poco antes de morir reunió alrededor de su lecho a no menos de dos mil Gallinas de las más exigentes, a las que dirigió sus últimas palabras, que fueron tales: "Contemplad vuestra obra. Habéis matado al Gallo de los Huevos de Oro", dando así pie a una serie de tergiversaciones y calumnias, principalmente la que atribuye esta facultad al rey Midas, según unos, o, según otros, a una Gallina inventada más bien por la leyenda.

LA BUENA CONCIENCIA

En el centro de la Selva existió hace mucho una extravagante familia de plantas carnívoras que, con el paso del tiempo, llegaron a adquirir conciencia de su extraña costumbre, principalmente por las constantes murmuraciones que el buen Céfiro les traía de todos los rumbos de la ciudad.

Sensibles a la crítica, poco a poco fueron cobrando repugnancia a la carne, hasta que llegó el momento en que no sólo la repudiaron en el sentido figurado, o sea el sexual, sino que por último se negaron a comerla, asqueadas a tal grado que su simple vista les producía náuseas.

Entonces decidieron volverse vegetarianas.

A partir de ese día se comen únicamente unas a otras y viven tranquilas, olvidadas de su infame pasado.

LA SIRENA INCONFORME

Usó todas sus voces, todos sus registros; en cierta forma se extralimitó; quedó afónica quién sabe por cuánto tiempo.

Las otras pronto se dieron cuenta de que era poco lo que podían hacer, de que el aburridor y astuto Ulises había empleado una vez más su ingenio, y con cierto alivio se resignaron a dejarlo pasar.

Ésta no; ésta luchó hasta el fin, incluso después de que aquel hombre tan amado y deseado desapareció definitivamente.

Pero el tiempo es terco y pasa y todo vuelve.

Al regreso del héroe, cuando sus compañeras, aleccionadas por la experiencia, ni siquiera tratan de repetir sus vanas insinuaciones, sumisa, con la voz apagada y persuadida de la inutilidad de su intento, sigue cantando.

Por su parte, más seguro de sí mismo, como quien había viajado tanto, esta vez Ulises se detuvo, desembarcó, le estrechó la mano, escuchó el canto solitario durante un tiempo según él más o menos discreto, y cuando lo consideró oportuno la poseyó ingeniosamente; poco después, de acuerdo con su costumbre, huyó.

De esta unión nació el fabuloso Hygrós, o sea "el Húmedo" en nuestro seco español, posteriormente proclamado patrón de las vírgenes solitarias, las pálidas prostitutas que las compañías navieras contratan para entretener a los pasajeros tímidos que en las noches deambulan por las cubiertas de sus vastos trasatlánticos, los pobres, los ricos y otras causas perdidas.

LOS CUERVOS BIEN CRIADOS

Cerca del Bosque de Chapultepec vivió hace tiempo un hombre que se enriqueció y se hizo famoso criando Cuervos para los mejores parques zoológicos del país y del mundo y los cuales resultaron tan excelentes que a la vuelta de algunas generaciones y a fuerza de buena voluntad y perseverancia ya no intentaban sacar los ojos a su criador sino que por lo contrario se especializaron en sacárselos a los mirones que sin falta y dando muestras del peor gusto repetían delante de ellos la vulgaridad de que no había que criar Cuervos porque le sacaban a uno los ojos.

ORIGEN DE LOS ANCIANOS

Un niño de cinco años explicaba la otra tarde a uno de cuatro que entre muchos de ellos se mantiene la más rigurosa pureza sexual y ni siquiera se tocan entre sí porque saben o creen saber que si por casualidad se descuidan y se dejan llevar por la pasión propia de la edad y se copulan, el fruto inevitable de esa unión contra natura es indefectiblemente un viejito o una viejita; que en esa forma se dice que han nacido y nacen todos los días los ancianos que vemos en las calles y en los parques; y que quizá esta creencia obedecía a que los niños nunca ven jóvenes a sus abuelos y a que nadie les explica cómo nacen éstos o de dónde vienen; pero que en realidad su origen no era necesariamente ése.

PARÉNTESIS

A veces por las noches —meditaba aquella ocasión la Pulga— cuando el insomnio no me deja dormir como ahora y leo, hago un paréntesis en la lectura, pienso en mi oficio de escritor y, viendo largamente al techo, por breves instantes imagino que soy, o que podría serlo si me lo propusiera con seriedad desde mañana, como Kafka (claro que sin su existencia miserable), o como Joyce (sin su vida llena de trabajos para subsistir con dignidad), o como Cervantes (sin los inconvenientes de la pobreza), o como Catulo (aun en contra, o quizá por ello mismo, de su afición a sufrir por las mujeres), o como Swift (sin la amenaza de la locura), o como Goethe (sin su triste destino de ganarse la vida en Palacio), o como Bloy (a pesar de su decidida inclinación a sacrificarse por las putas), o como Thoreau (a pesar de nada), o como Sor Juana (a pesar de todo); nunca Anónimo; siempre Lui Même, el colmo de los colmos de cualquier gloria terrestre.

EL FABULISTA Y SUS CRÍTICOS

En la Selva vivía hace mucho tiempo un Fabulista cuyos criticados se reunieron un día y lo visitaron para quejarse de él (fingiendo alegremente que no hablaban por ellos sino por otros), sobre la base de que sus críticas no nacían de la buena intención sino del odio.

Como él estuvo de acuerdo, ellos se retiraron corridos, como la vez que la Cigarra se decidió y dijo a la Hormiga todo lo que tenía que decirle.

EL ZORRO ES MÁS SABIO

Un día que el Zorro estaba muy aburrido y hasta cierto punto melancólico y sin dinero decidió convertirse en escritor, cosa a la cual se dedicó inmediatamente, pues odiaba ese tipo de personas que dicen voy a hacer esto o lo otro y nunca lo hacen.

Su primer libro resultó muy bueno, un éxito; todo el mundo lo aplaudió, y pronto fue traducido (a veces no muy bien) a los más diversos idiomas.

El segundo fue todavía mejor que el primero, y varios profesores norteamericanos de lo más granado del mundo académico de aquellos remotos días lo comentaron con entusiasmo y aun escribieron libros sobre los libros que hablaban de los libros del Zorro.

Desde ese momento el Zorro se dio con razón por satisfecho, y pasaron los años y no publicaba otra cosa.

Pero los demás empezaron a murmurar y a repetir "¿Qué pasa con el Zorro?", y cuando lo encontraban en los cocteles puntualmente se le acercaban a decirle tiene usted que publicar más.

—Pero si ya he publicado dos libros —respondía él con cansancio.

—Y muy buenos —le contestaban—; por eso mismo tiene usted que publicar otro.

El Zorro no lo decía, pero pensaba: "En realidad lo que éstos quieren es que yo publique un libro malo; pero como soy el Zorro, no lo voy a hacer".

Y no lo hizo.

ÍNDICE ONOMÁSTICO
Y GEOGRÁFICO

La oveja negra y demás fábulas
se imprimió en Gráficas Monte Albán, S.A. de C.V.
Fraccionamiento Agro Industrial La Cruz,
El Marqués, 76240, Querétaro, México,
en diciembre de 2001.
El tiraje fue de 45 000 ejemplares
más sobrantes de reposición.